Para Laria y su mamá
L. B.

Para Michel y Eliane
N. P.

Título original: *Il y a un monstre dans les toilettes*
Editado originalmente por Mijade Publications
© 2003 Mijade Publications
© De las ilustraciones Nancy Pierret, 2003
© Del texto Laurence Bourguignon, 2003
Primera edición en español, enero 2005, por
Ediciones Destino
Traducción del francés: Una Pérez Ruiz
© 2005 Editorial Planeta Mexicana, S. A. de C.V.
Av. Insurgentes Sur 1898, piso 11
Col. Florida
01030 México, D. F.
I.S.B.N. 970-37-0186-8

Impreso en Bélgica

Laurence Bourguignon

Un monstruo en el baño

Nancy Pierret

Ediciones Destino

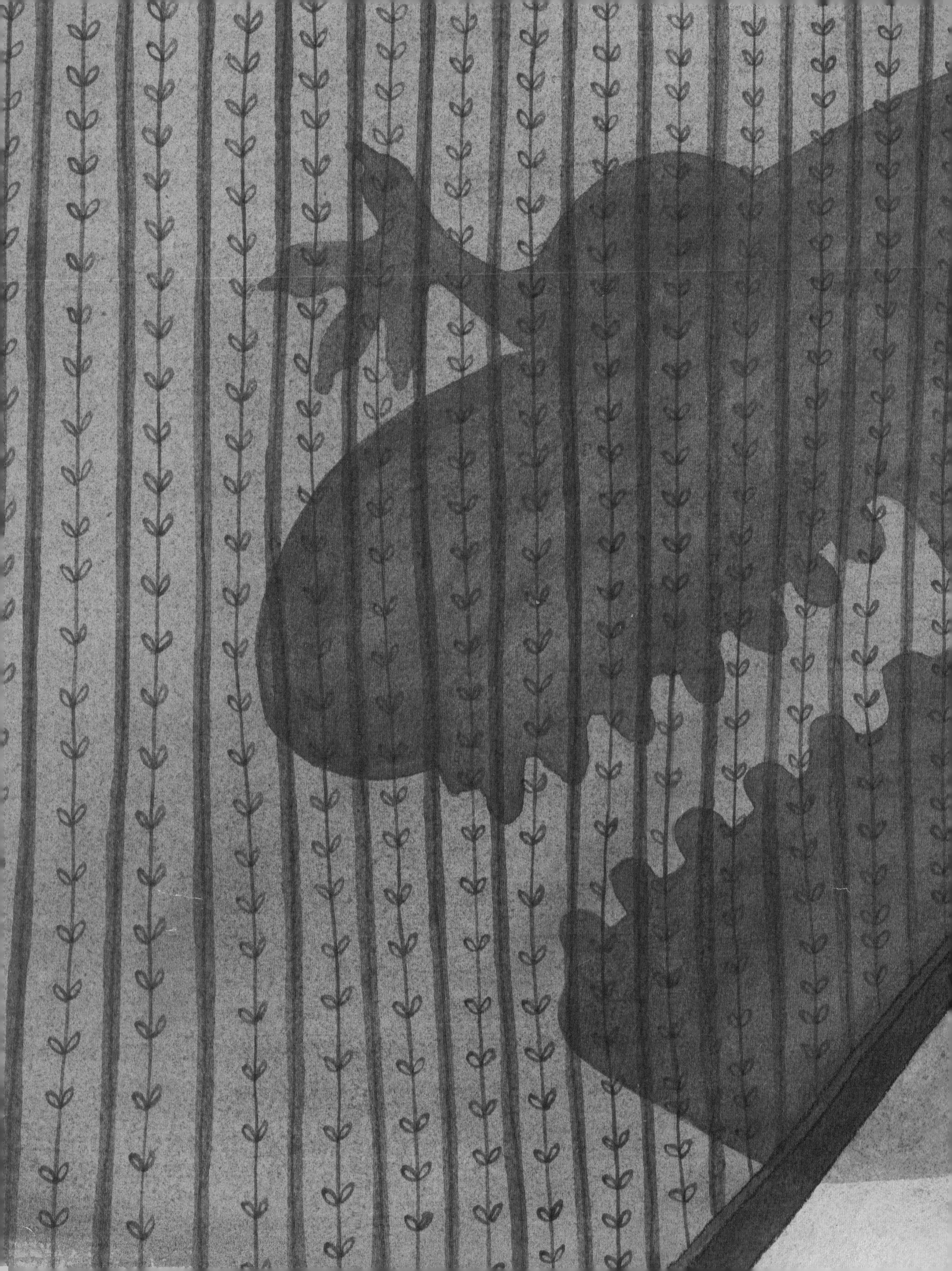

Mateo odiaba sentarse en el enorme asiento del excusado.
Ese gran espacio vacío que sentía bajo las pompas lo aterrorizaba.
No sabía a dónde iba a parar.

¡Glub! ¡Glob!

Tampoco le gustaba hacer que cayera el agua.
Presionaba el botón y salía corriendo azotando la puerta
mientras el agua se agitaba en un rugiente remolino.
Seguramente había un monstruo que vivía en el fondo del agujero.

Mateo habría preferido seguir utilizando su bacinica,
como antes, pero su mamá no estaba de acuerdo.
Ahora que ya era un niño grande, tenía que ir al baño de los grandes.

El baño no era un lugar muy bonito,
que digamos, era pequeño y
oscuro, pero además,
Mateo temía caer en ese agujero.
Decidió confeccionar una
larga cuerda, por si acaso…

Pero si el monstruo salía del agujero,
la cuerda no iba a servir de nada...

Así que se había fabricado también unos zapatos especiales
para salir huyendo rápidamente si el monstruo aparecía.

Mateo se preguntaba cómo podría deshacerse del monstruo.
¿Tal vez si tapaba el agujero con papel de baño?
No perdía nada con intentarlo, así que puso manos a la obra de inmediato.

Por el momento, el monstruo no reaccionaba. Pero luego, en la tarde, cuando Mateo quiso entrar en el baño para revisar su sistema de defensa, escuchó la voz de su papá detrás de la puerta.
Gritaba muy enojado, y horribles sonidos gorgoteantes le respondían.

Finalmente la puerta se abrió y papá salió con la cara roja y todo despeinado. Tenía los brazos mojados hasta los codos y sostenía una especie de bastón con una copa de plástico roja en una punta. Pero no traía al monstruo. Lo había dejado escapar.

Un rato después, papá vino a hablar con Mateo.
Le pidió que ya no volviera a tapar el excusado con papel de baño,
porque si lo hacía, el agua no podría pasar y se tiraría toda.
Mateo comprendió que tenía que buscar otra solución.

Mateo no tenía idea de cómo era el monstruo
o cuántos años tenía, pero estaba convencido
de que no debía sentirse muy feliz.
¿Cómo iba a ser feliz
si vivía en un lugar tan feo?
Y seguramente nunca nadie
le había dado un regalo.
Mateo decidió darle uno.
Quizá eso lo haría sentirse mejor.

Eligió un dulce envuelto en un lindo papel
y lo tiró en la taza del baño pero el monstruo no se
atrevió a salir para tomarlo.
Probablemente era muy tímido.

En los siguientes días, Mateo le ofreció al monstruo otros regalitos, pero no obtuvo
respuesta alguna.
Ahora le daban muchas ganas de conocerlo.

Tapó el viejo papel tapiz de las paredes con carteles de colores brillantes para que el monstruo se llevara una agradable sorpresa el día que decidiera salir.

Si en efecto era un niño monstruo, a lo mejor eran de la misma edad y le gustaban los mismos juegos, así que no podría resistirse al carrito rojo que le habían regalado a Mateo en Navidad.

Era una auténtica maravilla,
con puertas que se abrían y un motor plateado
que brillaba al abrir la cajuela.
Mateo lo amarró en la punta de un largo cordón
y lo dejó caer en la taza del excusado.

¡Blurp!

Se quedó esperando un buen rato, pero no pasó nada.
Entonces, de repente, sin pensarlo dos veces,
apretó el botón. El carrito rojo desapareció
y el agua cayó al drenaje haciendo un ruido espantoso.

Muy preocupado, Mateo jaló el cordón.
No había nada en la punta.
El monstruo se había quedado con el carrito rojo.
Mateo se sintió triste y contento a la vez.

Ahora, a Mateo ya no le daba miedo ir al baño.
Al contrario, iba a cada rato, aunque no fuera
necesario, y hacía correr el agua nada más para
escuchar el ruido.
Con frecuencia dejaba libros y juguetes tirados en
el suelo, hasta que papá puso unas repisas para
acomodarlos.

En la puerta, mamá pegó los dibujos más bonitos
de Mateo para que todos pudieran admirarlos varias
veces al día. Pero lo mejor fue que compró una nueva
lámpara para instalarla en el techo.

La buena iluminación se había vuelto indispensable
ahora que a Mateo le había dado por leer en el baño.
Leía cuentos de hadas y muchas historietas.
Pasaba las páginas e inventaba sus propias historias
con los dibujos. Así se le iba el tiempo sin sentirlo.
El baño era tan callado y tranquilo…

...excepto por los extraños ruidos que salían del drenaje de vez en cuando.